13 0

# BOUTADE

OU

# ÉPITRE D'UN PARISIEN

HABITANT DU 60e DEGRÉ DE LATITUDE SEPTENTRIONALE.

ÉVERAT, IMPRIMEUR,
*Rue du Cadran, n° 16.*

# BOUTADE

OU

# ÉPITRE D'UN PARISIEN

HABITANT DU 60e DEGRÉ DE LATITUDE SEPTENTRIONALE;

PAR M. Adre JAUFFRET.

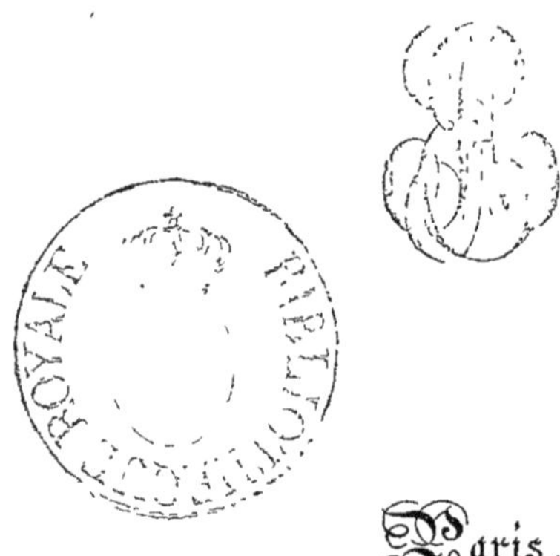

Paris,

CHEZ M. DAVID, ÉDITEUR, RUE BOURG-L'ABBÉ, No 26.

—

1829.

# PRÉFACE.

Cet opuscule était voué à l'oubli : des auditeurs trop indulgens me forcent de le mettre au jour; j'ose réclamer du public, plus sévère que l'amitié, cette bienveillance à laquelle a droit d'aspirer un auteur sans prétention.

Ayant long-temps habité la Russie, dont le climat a dû nécessairement influer sur ma verve, on ne s'étonnera pas de trouver dans la Boutade que je publie, nombre de passages qui prêtent à la censure. La cohorte romantique pourra m'accuser d'avoir trop religieusement observé les principes de la vieille école. Plusieurs personnes ont même bien voulu reconnaître dans mes vers quelques réminiscences du législateur de la poésie française. Je sais que ce défaut qui plus anciennement eût été un titre aux éloges, ne peut servir qu'à me condamner aujourd'hui. Apollon, les Muses, Pégase et compagnie sont des personnages usés, depuis long-temps bannis de la bonne société. J'ai cru cependant devoir leur rendre un dernier culte; c'est un dernier hommage à leur dernier soupir. Je les ai considérés et les respecte encore comme des domestiques dont les vieux services ne doivent pas être méconnus.

# BOUTADE

OU

# EPITRE D'UN PARISIEN

HABITANT DU 60e DEGRÉ DE LATITUDE SEPTENTRIONALE.

Cesse de me poursuivre ; ami, non, tu t'abuses,
Si tu penses qu'à jeun, fier esclave des Muses,
Bélier capricieux du troupeau d'Apollon,
J'ose m'aventurer dans le sacré vallon,
Et que me cramponnant aux rochers du Parnasse,
Des modernes Cotins j'aille grossir la masse.

Assez d'autres, sans moi, victimes du destin,
Colleront de l'esprit autour d'un diablotin,
Et creusant, nuit et jour, leur verve famélique,
Du *Fidèle Berger* fourniront la boutique.
Oui, depuis qu'à mes yeux, le bon sens a fait voir
Ce que je croyais blanc tout habillé de noir;
Depuis que je connais les affreuses retraites,
Le seul temple où Pégase entraîne les poètes,
Je renonce à l'honneur de dompter un coursier,
Dont le dos est fatal à plus d'un écuyer.
Loin de moi pour toujours le Pinde et l'Hypocrène!
La douce obscurité sera ma souveraine.

— O craintes ! ô langage indignes d'un grand cœur !
Des filles de mémoire, ardent adorateur,
Jadis, nous t'aurions vu, champion téméraire,
Défier tes rivaux au bout de la carrière,
Et sur le double Mont, t'élançant le premier,
Des mains d'Apollon même arracher le laurier.
« Regarde, disais-tu dans ton brûlant délire,
» Regarde tous les dieux du poétique empire,
» Ces dieux jadis mortels qui, triomphant du sort,
» A force de génie, ont su vaincre la mort.

» En dépit des clameurs, en dépit de l'envie,
» Ils boivent le nectar, savourent l'ambroisie,
» Et la palme à la main, au son de leurs beaux vers,
» Respirent, à longs traits, l'encens de l'univers.
» Que ne puis-je comme eux, plein de sens et de verve,
» Mettre de mon parti les amans de Minerve ! »
Ami, de quel éclat ces généreux discours,
Promettaient d'embellir le milieu de tes jours !
Et maintenant parjure aux savantes pucelles,
Toi, qui crus allumer leurs flammes immortelles,
Tu laisses lâchement mourir un si beau feu !
Allons ! réveille-toi ! songe à ton noble vœu !
Je vois déjà d'ici le temple de mémoire
S'ouvrir pour mon ami resplendissant de gloire.

—Il est vrai ; je conviens, qu'en des temps plus heureux,
Je me crus un poète avoué par les dieux.
De quelques vers, enfans de mon mince génie,
D'étourdir les échos j'eus aussi la manie ;
Et sûr, en composant un quatrain, un couplet,
De pouvoir me passer des soins de Richelet,
Je pensais, quelque jour, par ruse ou par audace,
Enrichir de mon nom les fastes du Parnasse ;

Mais du sort contre moi connais la cruauté :
Tandis que je rêvais à l'immortalité,
Tandis que tour à tour Melpomène et Thalie
Prenaient le soin cruel de bercer ma folie,
Qu'aux rives du Lignon, sur l'aile du Zéphir,
Pour rimer en plein air, je méditais de fuir,
Pégase, un beau matin, vers le Nord prend sa course,
Et me jette en dix jours aux pieds de la grande Ourse.
Ma muse impunément n'a pu faire un tel saut :
Sans verve, sans vigueur, la pauvrette en défaut,
Dans le Septentrion, paresseuse, engourdie,
Souffre tous les tourmens d'une longue agonie.[1]

Parfois un souvenir de mon antique ardeur
Du métromane en moi réveille la fureur.
D'une gloire inconstante, éphémère, bizarre,
Du haut de mon donjon je vois briller le phare;
Mais de ce feu follet le dangereux éclat,
Quand je veux m'élever, me fait tomber à plat.
J'ai beau, dans ces transports où mon esprit s'abuse,
Supplier, conjurer, flatter, choyer ma muse;
Semblable à ces vieillards ardens, mais sans pouvoir,
Je voudrais des enfans, et ne puis en avoir.

Hôte, depuis dix ans, des marais de Scythie,
Mon esprit s'est éteint, miné par l'apathie;
Je souffre et je me tais : quelle estime aurait-on
Pour des vers tous marqués du sceau de l'Aquilon?

— « Tout doux, aigre rimeur, gazez votre pensée, »
Me dit un habitant de la zône glacée [2] :
« Contre notre pays qui vous met en courroux?
» Qui peut vous empêcher de retourner chez vous?
» Vous avons-nous prié de nous rendre visite?
» De quel front, s'il vous plaît, me traitez-vous de Scythe?
» Vous êtes un Gaulois, un Welche, un ignorant :
» Connaissez-vous Tobolsk [3]?—Oui; je vous suis garant
» Que je tremble à ce nom; mais dites-moi, de grâce,
» Qui peut vous mettre en feu dans ce pays de glace?

— » De l'hospitalité vous offensez les droits;
» Vous traitez tous nos vers de languissans, de froids;
» Vous osez comparer, dans votre frénésie,
» Les murs de Pétropole aux marais de Scythie;
» Et vous ne fuyez pas! Si j'étais souverain,
» Je vous ferais partir pour Irkoutsk, dès demain.

» Là, sans aucune peur, que cela nous déplaise,
» Vous pourriez maugréer, rimer tout à votre aise,
» Et pour charmer l'ennui, les chagrins de l'exil,
» Réjouir les Mantchoux de votre sot babil. »

J'aurai beau lui jurer que mon cœur sans malice,
De mon pauvre cerveau ne fut jamais complice,
Rien ne l'apaisera ; je le vois en courroux,
Qui me montre du doigt le séjour des Mantchoux.
Tu vois à quels périls, en parlant, je m'expose.
Ne ferai-je pas mieux de rester bouche close?

Cependant, si tu veux qu'en ce siècle de fer,
J'éprouve encor vivant les tortures d'enfer,
Qu'obéré, souffreteux, infortuné poète,
Bicêtre ou Charenton soit un jour ma retraite,
Dis-moi, cher conseiller, dans mon docte loisir,
Quel sujet pour mes vers me faudra-t-il choisir ?
Faut-il rajeunissant d'éternelles pensées,
Enchâsser mon amour dans des rimes forcées,
Le soir, de ma Zaïs, en un long compliment,
Célébrer les beaux yeux et le regard charmant,

Et le matin pour prix de mon feu, de mon zèle,
Voir tous mes vers pendus aux cheveux de ma belle?
Heureux! si, pour avoir mal chanté ses appas,
Zaïs loin de son cœur ne me repousse pas!
Dois-je imiter Virgile, ou Corneille, ou le Tasse,
Prendre pour mon patron Racine ou bien Horace;
Comme Perse, Gilbert, Despréaux, Juvénal,
Sans le changer en bien tonner contre le mal;
Briller dans la carrière ouverte par Ésope,
Bafouer sur la scène un fat, un misantrope;
Ou bien, avec Delille, en style harmonieux,
Célébrer les jardins, les héros et les Dieux,
Créer en traduisant, élégant mais fidèle,
M'asseoir sur le Parnasse, auprès de mon modèle?

Eh! pourquoi, cher ami, citer ces noms fameux?
On peut avec honneur figurer après eux;
Et sans vouloir glacer ta verve ambitieuse,
Sur le Pinde une place est toujours glorieuse.
Imite de Damis * les généreux élans :
Gourmande comme lui ces esprits indolens,

* Dans la *Métromanie.*

Qui forment, en dépit du dieu qui les inspire,
Le vœu béotien de ne jamais écrire.
Pour leur donner l'exemple, audacieux auteur,
Du spectacle français relève la splendeur :
Arrache à son repos ta muse taciturne;
Lavigne avec succès a chaussé le cothurne :
D'Ancelot, de Soumet les tragiques accords,
De la France attentive excitent les transports :
Le Brun et d'Avrigny, de notre Melpomène,
Ont, grâce à nos voisins, enrichi le domaine;
Comme eux enrichis-nous, surpasse-les, mon cher;
Ravis aux Allemands les beautés de Schiller;
Aux anglais, tout le feu du délirant Shakspeare.
Il faut qu'en ces larcins la vengeance t'inspire;
Pille-les sans pitié; d'avance ils sont nantis:
Tu leur prendras vingt vers; ils t'ont pris vingt pays. [4]

Émule de Byron, téméraire, sublime,
Pénètre dans les cieux, ou plonge dans l'abîme,
Ou nouveau Lamartine, inspiré par l'amour,
Va chercher une Elvire au céleste séjour;
Tâche au niveau du sien d'élever ton génie,
Inonde tes lecteurs de torrens d'harmonie. [5]

Pour un ton si superbe as-tu trop peu de voix,
Au moderne caveau signale tes exploits;
De couplets sémillans réjouis notre ville,
Dans un moment de verve enfante un vaudeville,
Où la pointe, où le sel prodigués tour à tour,
Aux dépens de l'hymen, fassent rire l'amour.
Fais mieux; pour l'Ambigu, forge des mélodrames,
Fixe de nos badauds les voltigeantes âmes,
Et, mêlant avec art les larmes et les ris,
Rançonne tous les soirs les faubourgs de Paris.
Des poètes du jour, nébuleux coryphée,
Au siècle tâche aussi d'élever un trophée;
Et Pindare brûlant d'un moderne transport,
Sache unir sans frayeur l'amour avec la mort.

Quoi! parjure à Boileau, traître à la bonne école,
Du mélodrame, moi, j'encenserai l'idole!
J'irai, plein du démon de la cupidité,
Faire pour de l'argent mentir la vérité;
En dépit du bon goût amuser un parterre,
Et bavarder en vain, quand je devrais me taire!
Non; plutôt mille fois, réduit à l'habit noir,
Occuper dans Paris, le plus affreux manoir,

N'avoir pour m'inspirer que les vins de Surène,
Renoncer pour toujours aux dîners de *Balaine*,
Ou pour mieux me punir de ma témérité,
Aller vingt fois par mois bâiller à la Gaîté.

— Ne veux-tu pas aussi qu'en ces temps de misère,
Où l'honneur et l'esprit sont partout à l'enchère,
Je rédige une feuille, et d'un pinceau vénal,
Je flatte tour à tour, l'ultra, le libéral;
Que Janus politique, égoïste trompette,
Au gré de mes besoins tourne ma girouette?
Non, l'honneur m'interdit des moyens aussi bas;
La fortune à ce prix ne me tenterait pas!
Borné dans mes désirs, je n'ai pas le mérite
D'étaler à crédit un luxe israélite,
Ni d'aller sur la chance ou du cinq ou du trois,
M'enrichir aux dépens des peuples et des rois.

— Rien de mieux; j'aime en toi cette vertu sévère
Qui te fait éviter l'inévitable ornière;
Tu n'es pas de ces fous, qui, vains, présomptueux,
Voudraient que le soleil ne brillât que pour eux;

Qui, bouffis par l'orgueil, desséchés par l'envie,
Pour vivre après leur mort, meurent pendant leur vie.
Mais, tu sais qu'à Paris, moins que partout ailleurs,
Un poète a crédit chez les restaurateurs ;
Qu'il leur faut du comptant, qu'il n'est point de merveilles
Qui puissent, comme l'or, attendrir leurs oreilles.
Le génie au bon coin marquât-il tous tes vers,
C'est un pauvre banquier que le Dieu que tu sers.

Eh ! quoi ! depuis dix ans, habitant d'une terre,
Opulente, dit-on, surtout hospitalière,
Où, comme en son pays un Français est reçu,
De roubles, de doublons tu n'es pas tout cousu ! [6]
Loin de là, tu gémis ; par quel destin bizarre,
Chez toi, le vil métal est-il toujours si rare ?
N'as tu pas, seul auteur des maux dont tu te plains,
Vécu trop au présent ? Cher ami, je le crains ;
Pour les grands du pays, ton épine dorsale
Trop roide aura gardé la ligne verticale :
Peut-être bien aussi, jeune et trop glorieux,
Pour briller un moment, pour éblouir les yeux,
De ta poche, l'argent, par mille trous perfides
Aura fui : tel jadis, on vit des Danaïdes

Un perfide tonneau consumer les efforts.

— Hélas ! ma pauvreté fait seule tous mes torts.
Le pauvre est transparent ; un seul mot, un seul geste,
Un coup-d'œil, un soupir, tout lui devient funeste ;
Ses péchés véniels sont péchés capitaux ;
Tandis que fort paisible, eût-il mille défauts,
Le riche au masque d'or brave la médisance ;
Son porte feuille est gros de brevêts d'innocence.
Envers ton pauvre ami sois donc plus indulgent ;
C'est ma faute, il est vrai, de n'avoir point d'argent ;
Mais, et je te le dis sous le sceau du mystère
C'est moins ma faute à moi, que celle de mon père,
Sa tendresse trop vive a causé mon malheur :
Il orna mon esprit, il sut former mon cœur,
De mon âme endormie éveilla la paresse :
Les poètes latins, ceux qu'enfanta la Grèce,
Tous les auteurs français, par ses soins, chaque jour,
Du vrai beau, du bon goût, m'inspirèrent l'amour.
Il me voyait déjà l'honneur de ma patrie ;
Son erreur me flattait d'une seconde vie ;
Moi-même pour briller, j'osai me croire né :
Hélas! pour le néant, tu m'avais destiné!

Mon père! que n'as tu, moins tendre, mais plus sage,
Fait élever ton fils chez Rouget ou Le Sage,
Que n'a-t-il de Berchoux pratiqué les leçons [7],
Ou de Berthélemot débité les bonbons [8].
Alors, tu l'aurais vu, chez le froid Moscovite,
Faire avec avantage admirer son mérite;
Convertir en deux ans, grâce à ses ducats,
Ses pâtés en maisons, ses sauces en contrats,
Et pour les grands du Nord, plein de reconnaissance,
Aller sur ses lauriers se reposer en France [9].

Émules de Laugier, savez-vous avec art,
Embaumer la pommade ou parfumer le fard [10];
Savez-vous sur un chef, d'une main délicate,
Ajuster un toupet, une tresse, une natte [11],
Venez ici, Français, vous serez bien reçus,
Vos pas en ce pays ne seront point perdus;
Et le sort à vos vœux se montrât-il contraire?
Méprisez ses rigueurs; prenez une grammaire;
Artistes détrônés, faites-vous gouverneurs;
De la jeunesse Russe allez former les mœurs;
Et certains du succès, défiant la satire,
Le participe en main, illuminez l'Empire [12].

Mais vous, amis des arts, savans, littérateurs,
Qui, des travaux d'esprit estimez les douceurs,
Dont l'âme, de bonne heure à jouir exercée,
Se plaît à parcourir les champs de la pensée ;
Vous, surtout, qui, brûlans, sensibles, généreux,
Chercheriez sur ces bords un destin plus heureux ;
Vous qui ne possédez d'autre bien qu'une lyre,
Poètes, troubadours qu'enflamme le délire,
Plutôt que de venir échouer dans le Nord,
Puissiez-vous en partant faire naufrage au port !

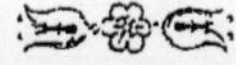

Notes.

# NOTES.

[1] Le climat de la Russie produit sur l'homme doué d'un peu d'imagination l'effet de la machine pneumatique. Ce pays offre de l'intérêt; mais il faut le parcourir en oiseau de passage. Si vous avez le malheur d'y séjourner trop long-temps, vos facultés s'usent, votre esprit s'éteint; et quelques années suffisent pour vous rendre méconnaissable à vos propres yeux. Il n'est pas de contrée où le physique et le moral éprouvent des atteintes aussi rudes, et soient dans une plus continuelle opposition.

[2] Ce discours est d'autant plus exact que le Russe ne cesse d'apostropher en ces termes, ou peu s'en faut, les étrangers qui ont le malheur d'avoir besoin de lui. Combien de fois ne me suis-je pas entendu dire que j'étais venu pour manger le pain russe, parce que ma patrie m'en avait refusé? Ces douceurs deviennent de jour en jour plus à la mode dans la capitale de l'empire des tsars.

[3] On sait que la ville de Tobolsk, située à 800 lieues N.-E. de Saint-Pétersbourg, est le rendez-vous des gens condamnés à l'exil. Avez-vous la sottise de vous plaindre, on vous envoie à Irkoutsk, qui se trouve à plus de 6000 verstes, environ 1600 lieues de la capitale. C'est dans cette dernière ville que furent condamnés à rester pendant trois ans MM. Bazaine, Fabre et Potier, officiers du génie, actuellement généraux au service de l'empereur Nicolas, pour avoir été envoyés et recommandés à l'empereur Alexandre par Napoleon, quelques temps avant de la funeste campagne de 1812.

[4] Vengeance bien innocente, sans doute, dont MM. les romantiques ont pris soin de se charger depuis quelques années : si l'on continue, que deviendra ce pauvre Aristote !

[5] Je ne parle que de l'auteur des premières méditations poétiques ; il y a long-temps que le bon Socrate est mort.

[6] La Russie est inondée d'étrangers : Allemands, Italiens, Juifs, Français, Grecs, Arméniens, exploitent à qui mieux mieux cette terre hospitalière par calcul et par besoin. Mais de tous ces frelons ce sont les Français qui emportent le moins de richesses. Prodigues et vaniteux par caractère, ils y font rarement fortune. Sous Catherine II, il fut question de chasser tous les étrangers, ceux même établis en Russie. « J'y » consens, dit cette souveraine au sénat ; seulement je vous » demande grâce pour les Français ; ce sont les seuls qui ont » le bon esprit de laisser chez nous l'argent qu'ils y gagnent. »

[7] Je ne connais point de Lucullus en Russie ; je n'y ai vu que des gourmands, la différence entre ceux de Rome et ceux

de Saint-Pétersbourg, c'est que les premiers comprenaient le luxe et la volupté, qu'ils connaissaient l'art de jouir, tandis que le Russe ne sait pas être riche, qu'il ne sait que manger. Feu Alexandre Narischkin, de joyeuse et gastronomique mémoire, fut, après Potemkin, le plus illustre gourmand du Nord. Rien ne lui coûtait pour satisfaire sa fureur d'engouffrer des alimens. Il mangeait beaucoup mieux qu'il ne payait ses dettes. Don Juan n'était qu'un écolier auprès de lui. Personne ne s'entendait aussi bien à éliminer MM. Dimanche. Il ne se levait jamais sans une couronne de créanciers plus humbles les uns que les autres. Un escalier dérobé lui servait de caissier. Finalement son crédit était devenu tellement nul, que les réclamans avaient pris le parti de faire antichambre dans la rue. Ressentait-il à table quelque mouvement organique, provenant d'une trop grande réplétion, vite il passait dans son *vomitorium*, et rentrait frais et dispos pour contenter de nouveau son indomptable gourmandise.

Avant de partir en Russie, au mois d'août 1811, je me rendis au Palais-Royal avec le courrier qui devait me transporter à Saint-Pétresbourg. Nou y achetâmes des truffes pour la valeur de 300 fr. En quatorze jours j'arrive à ma destination. M. de Narischkin donnait un grand dîner; il est instruit de la présence du courrier, et surtout de celle des truffes. Dès-lors il n'entend, il ne voit plus rien. Non moins ardent que MM. Piet et consorts, il lui faut des truffes. Le courrier est mandé; le prix est fait sur le pied de 2,400 roubles; l heure du dîner arrive. Les convives sont réunis; ils sont à table; les truffes sont annoncées; elles ne viennent point. Narischkin est furieux. Son amour-propre est à son comble. « Et les truffes, dit-il tout bas à son intendant;
» Monseigneur, répond celui-ci; le courrier est dans l'anti-
» chambre; il n'attend que vos ordres pour les livrer; mais il

» en réclame la valeur argent comptant. » La vanité l'emporte sur la fureur; les 2,400 roubles sont payés, et les convives de se gorger des truffes de Corcelet. Voilà un échantillon de l'amour des seigneurs russes pour les plaisirs de la manducation, autrement dits de la gueule, comme dit le bon Montaigne.

On sait que le fameux Potemkin avait à toute heure du jour et de la nuit des courriers qu'il envoyait à Paris, à Naples, à Astrakhan, pour lui chercher les fruits les plus délicieux.

8 Les bonbons forment un article considérable du commerce de Saint-Pétersbourg, rien n'y est plus estimé. *Les confituriers*, on dirait en bon français les confiseurs, y sont en grand honneur. Ce sont des Suisses - Allemands qui exploitent ce genre d'industrie. C'est là que se rendent les officiers de la garde, avant ou après la parade, ainsi que les *outchitels* ou précepteurs de langues, au sortir leurs leçons. Ces maisons, où les femmes ne sont point admises, ressemblent assez à nos cafés; seulement la liqueur de Moka y est interdite. Le nom de Laréda est gravé dans la mémoire de tous ceux qui counaissent l'angle de la première maison qui fait le coin de la grande perspective de Newsky, du côté de l'amirauté. MM. Bourgeois et Duchon prennent le chemin de l'immortalité par le talent qu'ils mettent à confectionner et débiter leurs diablotins, dragées, pralines et autres sucreries.

9 Rien ne saurait égaler l'orgueil et le faste des artistes culinaires en vogue à Saint-Pétesbourg; rien aussi ne peut égaler les services qu'ils rendent à l'aristocratie russe. Les seigneurs se disputent, s'arrachent la suprématie dans ce genre. Les api-

cius ne sont pas moins recherchés à Moscou et à Saint-Pétersbourg, qu'à Rome et à Paris. Qui n'a pas entendu parler de MM. Robert, Pongis, Talon, les Le Grand, Dubois, Pitillard, riche et pauvre, Yard, Picard, Aimé l'Héraldique, Hippolyte dit Ménélas, Harpin, Hyacinte, Muller et Riquet, premiers officiers de la bouche de l'empereur; mais surtout du *Grand Papounet,* plus illustre qu'eux tous; seul digne de partager le sort de Vatel * ? Qui n'a pas connaissance du fameux banquet où se trouvèrent réunis comme par enchantement MM. Mangeon, Lebon, Petit, Jambon?

Le génie est fils de l'amour propre, surtout en cuisine. Combien d'artistes culinaires arrivés en Russie, couverts de la livrée du malheur, succombent aujourd'hui sous le poids des roubles qu'ils ont eu le talent ou plutôt le bon sens d'accumuler? Plusieurs d'entre eux ont rivalisé de luxe avec des souverains. Un schall turc évalué 40,000 fr. est présenté à feue S. M. l'impératrice Marie. Cette princesse se récrie : bonne et prudente plus que vaine, elle éloigne le vendeur, M^me^ R...., femme du cuisinier de l'empereur, s'empresse de faire l'acquisition du précieux objet, et d'ajouter ce nouveau fleuron à sa couronne conjugale.

10 L'art du parfumeur est fort en crédit dans le Nord. La manière de vivre, l'habitude où sont principalement les femmes, de rester enfermées pendant la plus grande partie de l'année, rendent indispensables l'usage des cosmétiques. Aussi rien de délicieux, d'enivrant comme votre entrée dans un

* Ce sort avait été annoncé au père de M. Paponnet :

Les Parques à sa mère ainsi l'avaient prédit,
Quand un époux mortel fut reçu dans son lit.

salon de Saint-Pétersbourg. Vos sens sont subjugués : mais gare la vérité, c'est un terrible et inexorable maître. Les Russes sont encore plus maladroits que les Turcs dans l'usage des parfums. Il leur en faut partout et pour cause.

*Rufilus pastillos olet Gorgonius hircum*

Hor

[11] Il y a quelques années seulement, l'état de coiffeur était des plus lucratifs à Saint-Pétersbourg ; j'en ai connu qui ont gagné jusqu'à 7 et 800 francs par jour. M. Charles Sommer, élève d'Hippolyte a fait la coqueluche de la capitale du Nord : il a vendu de faux-toupets jusqu'à 500 fr. On n'était bien coiffé que de la main du gendre de l'innocent Tamisier : on le voyait quotidiennement parcourir les rues en équipage fastueux, et saluer les amis et connaissances d'un air à leur faire remarquer le luxe de la vogue. Certaines intrigues galantes ont signalé le séjour de cet artiste à Saint-Pétersbourg. L'inconstance moscovite a brisé la fortune de M. Charles : car les Russes aiment le nouveau : ils dédaignent l'homme de l'an passé. Il faudrait en Russie, pouvoir se faire badigeonner annuellement : il faudrait avoir des yeux, un nez, un masque de rechange : on serait certain d'y réussir. Le dernier venu a toujours raison chez le Moscovite. M^me^ de Staël a bien spirituellement jugé la Russie en disant que c'était un fond tartare avec une lisière française. Ce chapitre sera traité d'une manière moins vague dans un ouvrage que je me propose de publier.

[12] Je ne tarirais pas sur cet article si je n'avais pitié de mon lecteur. Je crois cependant indispensable de dire qu'il existe en Russie une classe particulière d'individus connus sous

le nom d'*outchitels* ou *enseigneurs*. Il n'est pas de gentillâtre qui n'eût son outchitel, comme il a son chien, son laquais et son cocher. Un outchitel est un meuble patrimonial. Un propriétaire qui viendrait à Saint-Petersbourg ou à Moscou sans en emmener un professeur, se croirait déshonoré. On tient à Moscou une foire *aux outchitels*. Je m'explique : des gens instruits ou non instruits se trouvent en Russie, ils sont malheureux, sans aucune ressource, ils s'en vont chez M. Leduc, restaurateur, lequel les nourrit, les héberge et les taxe suivant les mérites qu'il croit leur reconnaître. Arrivent les fêtes de Noël ou de Pâques, deux époques sacrées en Russie : les seigneurs de l'intérieur se rendent à Moscou. Eh bien! disent-ils à M. Leduc, *iest li ou wass kharochi outchitel* : Avez-vous un bon enseigneur? — *Kakgé batiouchka, iest* : Comment donc, mais certainement, mon père. On fait le prix de gré à gré. L'aubergiste perçoit le montant de ses avances. L'outchitel est emballé, et sert de flambeau à l'un des rejetons de la famille telle ou telle. Voilà comme se font la plupart des éducations en Russie depuis la fondation de la ville impériale. Les Français *outchitels* sont en ce moment en baisse sur le marché, on leur trouve des mœurs trop libres; d'ailleurs la tartuferie est à l'ordre du jour, elle trouve des moyens pour expulser l'homme le moins coupable : M. Gallois, actuellement propriétaire du café du Cygne, cloître Saint-Jacques-l'Hôpital, n° 8, accusé d'avoir sifflé, au théâtre impérial de Saint-Pétersbourg, une actrice détestable, fut arrêté, conduit chez le général de police, baffoué par tous ses subordonnés et sans conviction aucune, contraint de faire marché avec un capitaine pour retourner bien vîte en France. La Russie est inondée de Suisses, qui tous se croient issus en ligne directe de la cuisse du philosophe de Genève. Il faut à toute force un Suisse dans les grandes maisons. Les Français sont réservés

pour le commun des martyrs; quelques-uns pourtant conservent encore l'honneur dn pavillon. On doit rendre justice à M. Labbée des Londes, le doyen des outchitels de Russie, à MM. Tué, Bordé-Valville, Tardif et Moreau, et quelques-uns encore remplis de mérite et d'instruction qui ne peuvent que faire honneur à leur patrie. Les autres ne sont connus que sous le nom de marchands *participes.*

www.ingramcontent.com/pod-product-compliance
Ingram Content Group UK Ltd.
Pitfield, Milton Keynes, MK11 3LW, UK
UKHW021041220726
13924UKWH00001B/453

9 782019 275143